FAZENDEIRO DO AR

FAZENDEIRO DO AR

CARLOS
DRUMMOND
DE ANDRADE

POSFÁCIO DE
MARIANA IANELLI

nova edição

EDITORA RECORD
RIO DE JANEIRO • SÃO PAULO
2023

PROJETO GRÁFICO DE CAPA E MIOLO
Leonardo Iaccarino

FIXAÇÃO DE TEXTO
Edmílson Caminha

CRONOLOGIA
José Domingos de Brito (criação)
Marcella Ramos (checagem)

BIBLIOGRAFIAS
Alexei Bueno

IMAGEM DE CAPA
Haruo Ohara / Acervo Instituto Moreira Salles

AUTOCARICATURA (LOMBADA)
Carlos Drummond de Andrade, 1961

FOTO DRUMMOND (ORELHA)
Déc. de 1950. Arquivo Carlos Drummond de Andrade / Fundação Casa de Rui Barbosa, Rio de Janeiro

---

CIP-BRASIL. CATALOGAÇÃO NA PUBLICAÇÃO
SINDICATO NACIONAL DOS EDITORES DE LIVROS, RJ

Andrade, Carlos Drummond de, 1902-1987
A566f Fazendeiro do ar / Carlos Drummond de Andrade – 15. ed. – Rio de Janeiro :
15. ed. Record, 2023.

Inclui bibliografia e índice
ISBN 978-65-5587-723-6

1. Poesia brasileira. I. Título.

CDD: 869.1
23-83267 CDU: 82-1(81)

Gabriela Faray Ferreira Lopes - Bibliotecária - CRB-7/6643

Texto revisado segundo o Acordo Ortográfico da Língua Portuguesa de 1990.

Impresso no Brasil

ISBN 978-65-5587-723-6

SUMÁRIO

FAZENDEIRO DO AR

HABILITAÇÃO PARA A NOITE

Vai-me a vista assim baixando
ou a terra perde o lume?
Dos cem prismas de uma joia,
quantos há que não presumo.

Entre perfumes rastreio
esse bafo de cozinha.
Outra noite vem descendo
com seu bico de rapina.

E não quero ser dobrado
nem por astros nem por deuses,
polícia estrita do nada.

Quero de mim a sentença
como, até o fim, o desgaste
de suportar o meu rosto.

NO EXEMPLAR DE UM VELHO LIVRO

Neste brejo das almas
o que havia de inquieto
por sob as águas calmas!

Era um susto secreto,
eram furtivas palmas
batendo, louco inseto,

era um desejo obscuro
de modelar o vento,
eram setas no muro

e um grave sentimento
que hoje, varão maduro,
não punge, e me atormento.

BRINDE NO BANQUETE DAS MUSAS

Poesia, marulho e náusea,
poesia, canção suicida,
poesia, que recomeças
de outro mundo, noutra vida.

Deixaste-nos mais famintos,
poesia, comida estranha,
se nenhum pão te equivale:
a mosca deglute a aranha.

Poesia, sobre os princípios
e os vagos dons do universo:
em teu regaço incestuoso,
o belo câncer do verso.

Azul, em chama, o telúrio
reintegra a essência do poeta,
e o que é perdido se salva...
Poesia, morte secreta.

DOMICÍLIO

... O apartamento abria
janelas para o mundo. Crianças vinham
colher na maresia essas notícias
da vida por viver ou da inconsciente

saudade de nós mesmos. A pobreza
da terra era maior entre os metais
que a rua misturava a feios corpos,
duvidosos, na pressa. E do terraço

em solitude os ecos refluíam
e cada exílio em muitos se tornava
e outra cidade fora da cidade

na garra de um anzol ia subindo,
adunca pescaria, mal difuso,
problema de existir, amor sem uso.

O QUARTO EM DESORDEM

Na curva perigosa dos cinquenta
derrapei neste amor. Que dor! que pétala
sensível e secreta me atormenta
e me provoca à síntese da flor

que não se sabe como é feita: amor,
na quinta-essência da palavra, e mudo
de natural silêncio já não cabe
em tanto gesto de colher e amar

a nuvem que de ambígua se dilui
nesse objeto mais vago do que nuvem
e mais defeso, corpo! corpo, corpo,

verdade tão final, sede tão vária,
e esse cavalo solto pela cama,
a passear o peito de quem ama.

RETORNO

Meu ser em mim palpita como fora
do chumbo da atmosfera constritora.
Meu ser palpita em mim tal qual se fora
a mesma hora de abril, tornada agora.

Que face antiga já se não descora
lendo a efígie do corvo na da aurora?
Que aura mansa e feliz dança e redoura
meu existir, de morte imorredoura?

Sou eu nos meus vinte anos de lavoura
de sucos agressivos, que elabora
uma alquimia severa, a cada hora.

Sou eu ardendo em mim, sou eu embora
não me conheça mais na minha flora
que, fauna, me devora quanto é pura.

CONCLUSÃO

Os impactos de amor não são poesia
(tentaram ser: aspiração noturna).
A memória infantil e o outono pobre
vazam no verso de nossa urna diurna.

Que é poesia, o belo? Não é poesia,
e o que não é poesia não tem fala.
Nem o mistério em si nem velhos nomes
poesia são: coxa, fúria, cabala.

Então, desanimamos. Adeus, tudo!
A mala pronta, o corpo desprendido,
resta a alegria de estar só, e mudo.

De que se formam nossos poemas? Onde?
Que sonho envenenado lhes responde,
se o poeta é um ressentido, e o mais são nuvens?

A DISTRIBUIÇÃO DO TEMPO

Um minuto, um minuto de esperança,
e depois tudo acaba. E toda crença
em ossos já se esvai. Só resta a mansa
decisão entre morte e indiferença.

Um minuto, não mais, que o tempo cansa,
e sofisma de amor não há que vença
este espinho, esta agulha, fina lança
a nos escavacar na praia imensa.

Mais um minuto só, e chega tarde.
Mais um pouco de ti, que não te dobras,
e que eu me empurre a mim, que sou covarde.

Um minuto, e acabou. Relógio solto,
indistinta visão em céu revolto,
um minuto me baste, e a minhas obras.

VIAGEM DE AMÉRICO FACÓ

Sombra mantuana, o poeta se encaminha
ao inframundo deserto, onde a corola
noturna desenrola seu mistério
fatal mas transcendente: àqueles paços

tecidos de pavor e argila cândida,
onde o amor se completa, despojado
da cinza dos contatos. Desta margem,
diviso, que se esfuma, a esquiva barca,

e aceno-lhe: Gentil, gentil espírito,
sereno quanto forte, que me ensinas
a arte de bem morrer, fonte de vida,

uniste o raro ao raro, e compuseste
de humano desacorde, isento, puro,
teu cântico sensual, flauta e celeste.

CIRCULAÇÃO DO POETA

Nesta manhã de traço fino e ardente,
passei, caro Facó, por tua casa.
Inda estavas dormindo (ou já dormias)
o sono mais perfeito, mas vagavas

na safira em que os seres se deliam,
entre pardais bicando luz, e pombas,
nesse contentamento vaporoso
que a vida exala quando já cumprida.

Senti tua presença maliciosa,
transfundida na cor, no espaço livre,
nos corpos nus que a praia convidava.

Não sabiam de ti, que eras um deles,
e levavam consigo, dom secreto,
uma negrinha em flor, um verso hermético.

CONHECIMENTO DE JORGE DE LIMA

Era a negra Fulô que nos chamava
de seu negro vergel. E eram trombetas,
salmos, carros de fogo, esses murmúrios
de Deus a seus eleitos, eram puras

canções de lavadeira ao pé da fonte,
era a fonte em si mesma, eram nostálgicas
emanações de infância e de futuro,
era um ai português desfeito em cana.

Era um fluir de essências e eram formas
além da cor terrestre e em volta ao homem,
era a invenção do amor no tempo atômico,

o consultório mítico e lunar
(poesia antes da luz e depois dela),
era Jorge de Lima e eram seus anjos.

O ENTERRADO VIVO

É sempre no passado aquele orgasmo,
é sempre no presente aquele duplo,
é sempre no futuro aquele pânico.

É sempre no meu peito aquela garra.
É sempre no meu tédio aquele aceno.
É sempre no meu sono aquela guerra.

É sempre no meu trato o amplo distrato.
Sempre na minha firma a antiga fúria.
Sempre no mesmo engano outro retrato.

É sempre nos meus pulos o limite.
É sempre nos meus lábios a estampilha.
É sempre no meu não aquele trauma.

Sempre no meu amor a noite rompe.
Sempre dentro de mim meu inimigo.
E sempre no meu sempre a mesma ausência.

CEMITÉRIOS

I – GABRIEL SOARES

O corpo enterrem-me em São Bento
na capela-mor com um letreiro que diga
Aqui jaz um pecador
Se eu morrer na Espanha ou no mar
mesmo assim lá estará minha campa
e meu letreiro
Não dobrem sinos por mim
e se façam apenas os sinais
por um pobre quando morre

II – CAMPO-MAIOR

No Cemitério de Batalhão os mortos do Jenipapo
não sofrem chuva nem sol; o telheiro os protege,
asa imóvel na ruína campeira.

III – DOMÉSTICO

O cão enterrado no quintal
Todas as memórias sepultadas nos ossos
A casa muda de dono
A casa – olha – foi destruída
A 30 metros no ar a guria vê a gravura de um cão
Que é isso mãezinha

e a mãe responde
Era um bicho daquele tempo
Ah que fabuloso

IV - DE BOLSO

Do lado esquerdo carrego meus mortos.
Por isso caminho um pouco de banda.

V - ERRANTE

Urna
que minha tia carregou pelo Brasil
com as cinzas de seu amor tornado incorruptível
misturado ao vestido preto, à saia branca, à boca morena
urna de cristal urna de silhão urna praieira urna oitocentista
urna molhada de lágrimas grossas e de chuva na estrada
urna bruta esculpida em paixão de andrade sem paz e sem remissão
vinte anos viajeira
urna urna urna
como um grito na pele da noite um lamento de bicho
talvez entretanto azul e com florinhas
urna a que me recolho para dormir enrodilhado
urna eu mesmo de minhas cinzas particulares.

MORTE DE NECO ANDRADE

QUANDO MATARAM

Neco Andrade, não pude sentir bastante emoção porque tinha de representar no teatrinho de amadores, e essa responsabilidade comprimia tudo.

A faca relumiou no campo – assim a vislumbrei, ao circular a notícia – e Neco, retorcendo-se, tombou do cavalo, e o assassino se curva para verificar a morte, e a tarde se enovela em vapores escuros e desce a umidade.

Caminhei para o palco temeroso de não lembrar a frase longa e difícil que me cabia proferir. O mau amador vive roído de dúvidas. Receava a desaprovação do auditório, e sua prévia reflexão em mim já frustrava o gesto, já tolhia a produção do mais autêntico.

O CAVALO

erra alguns instantes na planície, dedicação sem alvo. O assassino pondera o entardecer. E vela os despojos, enquanto mede as possibilidades de fuga. Evêm aí os soldados, atraídos pelo vento, pelo grito final do Andrade, pela secreta abdicação do criminoso, que, na medula, se sabe perdido. Não podemos matar nosso patrão; de ventre vazado, ele se vinga.

O cadáver de Neco atravessa canhestramente o segundo ato, da esquerda para a direita, volta, hesita, sai, instala-se nos bastidores embaixo da escada. As deixas perdem-se, o diálogo atropela-se. Neco está se esvaindo em silêncio e eu, seu primo, não sei socorrê-lo.

O ASSASSINO

chega preso, a multidão acode à cadeia, todos o contemplam a um metro, nem isso, de distância. Joana roça-lhe a manga do paletó, sujo de terra. Está sentado, mudo. Na casa de Neco, em frente à ponte, luzes se armam em velório, e a escada é toda sonora de botas e botinas rinchando.

Agora o palco ficou vazio para caber a forma baia e ondulante que progride, esmagando palavras. Da montaria de Neco pendem as caçambas de Neco. Vai pisar em mim. Afastou-se, no trote deserto.

SERIA REMORSO

por me consagrar ao espetáculo quando já o sabia morto? Não, que o espetáculo é grande, e seduzia para além da ordem moral. E nossos ramos de família nem se davam. Pena de perdê-lo, nutrida de alguma velha lembrança particular, que floresce mesmo entre clãs adversários? Pena comum, que toda morte violenta faz germinar? Nem isso. Mas o ventre vazado, como se fosse eu que o vazasse, eu menino, desarmado. Intestinos de Neco, emaranhados, insolentes, à vista de estranhos. Vede o interior de um homem, a sede da cólera; aqui os prazeres criaram raiz, e o que é obscuro em nosso olhar encontra explicação.

E TUDO

se desvenda: sou responsável pela morte de Neco e pelo crime de Augusto, pelo cavalo que foge e pelo coro de viúvas pranteando. Não posso representar mais; por todo o sempre e antes do nunca sou responsável, responsável, responsável, responsável. Como as pedras são responsáveis, e os anjos, principalmente os anjos, são responsáveis.

ESTRAMBOTE MELANCÓLICO

Tenho saudade de mim mesmo, sau-
dade sob aparência de remorso,
de tanto que não fui, a sós, a esmo,
e de minha alta ausência em meu redor.
Tenho horror, tenho pena de mim mesmo
e tenho muitos outros sentimentos
violentos. Mas se esquivam no inventário,
e meu amor é triste como é vário,
e sendo vário é um só. Tenho carinho
por toda perda minha na corrente
que de mortos a vivos me carreia
e a mortos restitui o que era deles
mas em mim se guardava. A estrela-d'alva
penetra longamente seu espinho

(e cinco espinhos são) na minha mão.

ETERNO

E como ficou chato ser moderno.
Agora serei eterno.

Eterno! Eterno!
O Padre Eterno,
a vida eterna,
o fogo eterno.

(*Le silence éternel de ces espaces infinis m'effraie.*)

— *O que é eterno, Yayá Lindinha?*
— *Ingrato! é o amor que te tenho.*

Eternalidade eternite eternaltivamente
eternuávamos
eternissíssimo
A cada instante se criam novas categorias do eterno
Eterna é a flor que se fana
se soube florir
é o menino recém-nascido
antes que lhe deem nome
e lhe comuniquem o sentimento do efêmero
é o gesto de enlaçar e beijar
na visita do amor às almas
eterno é tudo aquilo que vive uma fração de segundo
mas com tamanha intensidade que se petrifica e nenhuma força o
[resgata

é minha mãe em mim que a estou pensando
de tanto que a perdi de não pensá-la
é o que se pensa em nós se estamos loucos
é tudo que passou, porque passou
é tudo que não passa, pois não houve
eternas as palavras, eternos os pensamentos; e passageiras as obras.
Eterno, mas até quando? é esse marulho em nós de um mar profundo.
Naufragamos sem praia; e na solidão dos botos afundamos.
É tentação e vertigem; e também a pirueta dos ébrios.

Eternos! Eternos, miseravelmente.
O relógio no pulso é nosso confidente.

Mas não quero ser senão eterno.
Que os séculos apodreçam e não reste mais do que uma essência
ou nem isso.
E que eu desapareça mas fique este chão varrido onde pousou uma
[sombra
e que não fique o chão nem fique a sombra
mas que a precisão urgente de ser eterno boie como uma esponja
[no caos
e entre oceanos de nada
gere um ritmo.

ESCADA

Na curva desta escada nos amamos,
nesta curva barroca nos perdemos.
                    O caprichoso esquema
unia formas vivas, entre ramas.

Lembras-te, carne? Um arrepio telepático
vibrou nos bens municipais, e dando volta
                    ao melhor de nós mesmos,
                    deixou-nos sós, a esmo,
espetacularmente sós e desarmados,
que a nos amarmos tanto eis-nos morridos.

                    E mortos, e proscritos
de toda comunhão no século (esta espira
e testemunha, e conta), que restava
                    das línguas infinitas
que falávamos ou surdas se lambiam
no céu da boca sempre azul e oco?

                    Que restava de nós,
neste jardim ou nos arquivos, que restava
de nós, mas que restava, que restava?
                    Ai, nada mais restara,
                    que tudo mais, na alva,
se perdia, e contagiando o canto aos passarinhos,
vinha até nós, podrido e trêmulo, anunciando

que amor fizera um novo testamento,
e suas prendas jaziam sem herdeiros
num pátio branco e áureo de laranjas.

Aqui se esgota o orvalho,
e de lembrar não há lembrança. Entrelaçados,
insistíamos em ser; mas nosso espectro,
submarino, à flor do tempo ia apontando,
e já noturnos, rotos, desossados,
nosso abraço doía
para além da matéria esparsa em números.

Asa que ofereceste o pouso raro
e dançarino e rotativo, cálculo,
rosa grimpante e fina
que à terra nos prendias e furtavas,
enquanto a reta insigne
da torre ia lavrando
no campo desfolhado outras quimeras:
sem ti não somos mais o que antes éramos.

E se este lugar de exílio hoje passeia
faminta imaginação atada aos corvos
de sua própria ceva,
escada, ó assunção,
ao céu alças em vão o alvo pescoço,
que outros peitos em ti se beijariam
sem sombra, e fugitivos,
mas nosso beijo e baba se incorporam
de há muito ao teu cimento, num lamento.

ELEGIA

Ganhei (perdi) meu dia.
E baixa a coisa fria
também chamada noite, e o frio ao frio
em bruma se entrelaça, num suspiro.

E me pergunto e me respiro
na fuga deste dia que era mil
para mim que esperava,
os grandes sóis violentos, me sentia
tão rico deste dia
e lá se foi secreto, ao serro frio.

Perdi minha alma à flor do dia ou já perdera
bem antes sua vaga pedraria?
Mas quando me perdi, se estou perdido
antes de haver nascido
e me nasci votado à perda
de frutos que não tenho nem colhia?

Gastei meu dia. Nele me perdi.
De tantas perdas uma clara via
por certo se abriria
de mim a mim, estela fria.
As árvores lá fora se meditam.
O inverno é quente em mim, que o estou berçando,
e em mim vai derretendo
este torrão de sal que está chorando.

Ah, chega de lamento e versos ditos
ao ouvido de alguém sem rosto e sem justiça,
ao ouvido do muro,
ao liso ouvido gotejante
de uma piscina que não sabe o tempo, e fia
seu tapete de água, distraída.

E vou me recolher
ao cofre de fantasmas, que a notícia
de perdidos lá não chegue nem açule
os olhos policiais do amor-vigia.
Não me procurem que me perdi eu mesmo
como os homens se matam, e as enguias
à loca se recolhem, na água fria.

Dia,
espelho de projeto não vivido,
e contudo viver era tão flamas
na promessa dos deuses; e é tão ríspido
em meio aos oratórios já vazios
em que a alma barroca tenta confortar-se
mas só vislumbra o frio noutro frio.

Meu Deus, essência estranha
ao vaso que me sinto, ou forma vã,
pois que, eu essência, não habito
vossa arquitetura imerecida;
meu Deus e meu conflito,
nem vos dou conta de mim nem desafio
as garras inefáveis: eis que assisto
a meu desmonte palmo a palmo e não me aflijo
de me tornar planície em que já pisam
servos e bois e militares em serviço

da sombra, e uma criança
que o tempo novo me anuncia e nega.

Terra a que me inclino sob o frio
de minha testa que se alonga,
e sinto mais presente quanto aspiro
em ti o fumo antigo dos parentes,
minha terra, me tens; e teu cativo
passeias brandamente
como ao que vai morrer se estende a vista
de espaços luminosos, intocáveis:
em mim o que resiste são teus poros.
Corto o frio da folha. Sou teu frio.

E sou meu próprio frio que me fecho
longe do amor desabitado e líquido,
amor em que me amaram, me feriram
sete vezes por dia em sete dias
de sete vidas de ouro,
amor, fonte de eterno frio,
minha pena deserta, ao fim de março,
amor, quem contaria?
E já não sei se é jogo, ou se poesia.

CANTO ÓRFICO

A dança já não soa,
a música deixou de ser palavra,
o cântico se alongou do movimento.
Orfeu, dividido, anda à procura
dessa unidade áurea, que perdemos.

Mundo desintegrado, tua essência
paira talvez na luz, mas neutra aos olhos
desaprendidos de ver; e sob a pele,
que turva imporosidade nos limita?
De ti a ti, abismo; e nele, os ecos
de uma prístina ciência, agora exangue.

Nem tua cifra sabemos; nem captá-la
dera poder de penetrar-te. Erra o mistério
em torno de seu núcleo. E restam poucos
encantamentos válidos. Talvez
um só e grave: tua ausência
ainda retumba em nós, e estremecemos,
que uma perda se forma desses ganhos.

Tua medida, o silêncio a cinge e quase a insculpe,
braços do não-saber. Ó fabuloso
mudo paralítico surdo nato incógnito
na raiz da manhã que tarda, e tarde,
quando a linha do céu em nós se esfuma,
tornando-nos estrangeiros mais que estranhos.

No duelo das horas tua imagem
atravessa membranas sem que a sorte
se decida a escolher. As artes pétreas
recolhem-se a seus tardos movimentos.
Em vão: elas não podem.
                                        Amplo
                    vazio
um espaço estelar espreita os signos
que se farão doçura, convivência,
espanto de existir, e mão completa
caminhando surpresa noutro corpo.

A música se embala no possível,
no finito redondo, em que se crispa
uma agonia moderna. O canto é branco,
foge a si mesmo, voos! palmas lentas
sobre o oceano estático: balanço
de anca terrestre, certa de morrer.

Orfeu, reúne-te! chama teus dispersos
e comovidos membros naturais,
e límpido reinaugura
o ritmo suficiente, que, nostálgico,
na nervura das folhas se limita,
quando não compõe no ar, que é todo frêmito,
uma espera de fustes, assombrada.

Orfeu, dá-nos teu número
de ouro, entre aparências
que vão do vão granito à linfa irônica.
Integra-nos, Orfeu, noutra mais densa
atmosfera do verso antes do canto,
do verso universo, latejante

no primeiro silêncio,
promessa de homem, contorno ainda improvável
de deuses a nascer, clara suspeita
de luz no céu sem pássaros,
vazio musical a ser povoado
pelo olhar da sibila, circunspecto.

Orfeu, que te chamamos, baixa ao tempo
e escuta:
só de ousar-se teu nome, já respira
a rosa trismegista, aberta ao mundo.

A LUIS MAURICIO, INFANTE

Acorda, Luis Mauricio. Vou te mostrar o mundo,
se é que não preferes vê-lo de teu reino profundo.

Despertando, Luis Mauricio, não chores mais que um tiquinho.
Se as crianças da América choram em coro, que seria, digamos, de
[teu vizinho?

Que seria de ti, Luis Mauricio, pranteando mais que o necessário?
Os olhos se inflamam depressa, e do mundo o espetáculo é vário

e pede ser visto e amado. É tão pouco, cinco sentidos.
Pois que sejam lépidos, Luis Mauricio, que sejam novos e comovidos.

E como há tempo para viver, Luis Mauricio, podes gastá-lo à janela
que dá para a *Justicia del Trabajo*, onde a imaginosa linha da hera

tenazmente compõe seu desenho, recobrindo o que é feio, formal e
[triste.
Sucede que chegou a primavera, menino, e o muro já não existe.

Admito que amo nos vegetais a carga de silêncio, Luis Mauricio.
Mas há que tentar o diálogo, quando a solidão é vício.

E agora, começa a crescer. Em poucas semanas um homem
se manifesta na boca, nos rins, na medalhinha do nome.

Já te vejo na proporção da cidade, nessa caminha em que dormes.
Dir-se-ia que só o anão de Harrods, hoje velho, entre garotos enormes,

conserva o disfarce da infância, como, na sua imobilidade,
à esquina de Córdoba e Florida, só aquele velho pendido e sentado,

de luvas e sobretudo, vê passar (é cego) o tempo que não enxergamos,
o tempo irreversível, o tempo estático, espaço vazio entre ramos.

O tempo – que fazer dele? Como adivinhar, Luis Mauricio,
o que cada hora traz em si de plenitude e sacrifício?

Hás de aprender o tempo, Luis Mauricio. E há de ser tua ciência
uma tão íntima conexão de ti mesmo e tua existência,

que ninguém suspeitará nada. E teu primeiro segredo
seja antes de alegria subterrânea que de soturno medo.

Aprenderás muitas leis, Luis Mauricio. Mas se as esqueceres depressa,
outras mais altas descobrirás, e é então que a vida começa,

e recomeça, e a todo instante é outra: tudo é distinto de tudo,
e anda o silêncio, e fala o nevoento horizonte; e sabe guiar-nos
[o mundo.

Pois a linguagem planta suas árvores no homem e quer vê-las cobertas
de folhas, de signos, de obscuros sentimentos, e avenidas desertas

são apenas as que vemos sem ver, há pelo menos formigas
atarefadas, e pedras felizes ao sol, e projetos de cantigas

que alguém um dia cantará, Luis Mauricio. Procura deslindar o canto.
Ou antes, não procures. Ele se oferecerá sob forma de pranto

ou de riso. E te acompanhará, Luis Mauricio. E as palavras serão servas
de estranha majestade. É tudo estranho. Medita, por exemplo, as ervas,

enquanto és pequeno e teu instinto, solerte, festivamente se aventura
até o âmago das coisas. A que veio, que pode, quanto dura

essa discreta forma verde, entre formas? E imagina ser pensado
pela erva que pensas. Imagina um elo, uma afeição surda, um passado

articulando os bichos e suas visões, o mundo e seus problemas;
imagina o rei com suas angústias, o pobre com seus diademas,

imagina uma ordem nova; ainda que uma nova desordem, não será
[bela?
Imagina tudo: o povo, com sua música; o passarinho, com sua donzela;

o namorado, com seu espelho mágico; a namorada, com seu mistério;
a casa, com seu calor próprio; a despedida, com seu rosto sério;

o físico, o viajante, o afiador de facas, o italiano das sortes e seu realejo;
o poeta, sempre meio complicado; o perfume nativo das coisas e seu
[arpejo;

o menino que é teu irmão, e sua estouvada ciência
de olhos líquidos e azuis, feita de maliciosa inocência,

que ora viaja enigmas extraordinários; por tua vez, a pesquisa
há de solicitar-te um dia, mensagem perturbadora na brisa.

É preciso criar de novo, Luis Mauricio. Reinventar nagôs e latinos,
e as mais severas inscrições, e quantos ensinamentos e os modelos
[mais finos,

de tal maneira a vida nos excede e temos de enfrentá-la com
[poderosos recursos.
Mas seja humilde tua valentia. Repara que há veludo nos ursos.

Inconformados e prisioneiros, em Palermo, eles procuram o outro
[lado,
e na sua faminta inquietação algo se liberta da jaula e seu quadrado.

Detém-te. A grande flor do hipopótamo brota da água – nenúfar!
E dos dejetos do rinoceronte se alimentam os pássaros. E o açúcar

que dás na palma da mão à língua terna do cão adoça todos os
[animais.
Repara que autênticos, que fiéis a um estatuto sereno, e como são
[naturais.

É meio-dia, Luis Mauricio, hora belíssima entre todas,
pois, unindo e separando os crepúsculos, à sua luz se consumam as
[bodas

do vivo com o que já viveu ou vai viver, e a seu puríssimo raio
entre repuxos, os *chicos* e as *palomas* confraternizam na *Plaza de Mayo.*

Aqui me despeço e tenho por plenamente ensinado o teu ofício,
que de ti mesmo e em púrpura o aprendeste ao nascer, meu netinho
[Luis Mauricio.

POSFÁCIO

AS NOITES DE DRUMMOND E SEUS CLARÕES

POR MARIANA IANELLI

O que perdi se multiplica
e uma pobreza feita de pérolas
salva o tempo, resgata a noite.[1]

Eterno, mas até quando? é esse marulho em nós de um mar profundo.[2]

O indefectível das estantes de casa: era como eu via Drummond, ao topar com ele, em diferentes edições, no meu primeiro desbravar de bibliotecas familiares, há trinta anos. Que faltasse ali um ou outro peixe grande da nossa literatura, nunca faltava Drummond, e seus livros eram exemplares bem vividos, experientes de muito se abrirem e se deixarem manusear por diferentes mãos. Não o poeta dos verbetes do modernismo, nem o da pedra no caminho como incenso de Beethoven no caminhão de gás. O Drummond que eu primeiro conheci foi um poeta frequentado em ambiente íntimo, à sombra da crista do cânone e da idolatria que as vagas dos modismos gostam de encorpar. Um poeta que me acudia debaixo da solidão de uma lâmpada, um Drummond que eu levava de casa para a escola, e não o contrário.

Seria sempre insuficiente pensar numa antologia de seus versos como a que fez Manuel Bandeira com os próprios, num poema dos poemas memoráveis. O Drummond memorável é sempre vário sob sua face de esfinge, e, é de se apostar aqui, sem grande risco de

1 "Movimento da espada", em *A rosa do povo.*

2 "Eterno", em *Fazendeiro do ar.*

engano, ainda poeta íntimo das bibliotecas das casas. Por acaso, um dia, deixará de nos ser íntimo o humano desconsolo que salgamos com ironia e dobramos ao menor golpe de amor? Algum dia vamos esquecer o medo que nos embala com sua capa, e a flor que é feia, mas é flor e fura o ódio? Esqueceremos que é também nosso esse "Existir: seja como for"?[3] Um relance do sublime e, então, a estrada de novo pedregosa, essa "dor de tudo e de todos, dor sem nome",[4] essa vida que é paixão, mesmo medida.

Drummond sabia ser próximo, tão crítico quanto comovente ou brincalhão. Faria jus a seu lado gaiato lembrar como ele uma vez definiu o próprio fazer poético: "um sofá de analista",[5] do qual extraía seus versos como que para aclarar problemas existenciais internos. Tem perfume de *boutade* esse depoimento, como se a experiência poética se associasse, antes de tudo, aos problemas do espírito e não aos da palavra. Acontece que, saída de subterrâneos, a palavra é também, ela mesma, no caminho dessa poesia, uma claridade possível, mesmo que pouca, fatalmente pouca, alguma estrutura ordenadora, ou ainda, cachaça, essa cachaça que dá prazer no travo, saldo simbólico da vida vivida, das coisas perdidas ou não nascidas, fazenda de ar, filho de ar, flor de ar.

Penetrar no reino das palavras, onde estão os poemas que esperam ser escritos, é uma das célebres figurações encantatórias que Drummond inscreveu no imaginário de seus frequentadores, como a máquina do mundo por um instante entreaberta: um rasgo, uma fresta para outra ordem das coisas. Penetrar nesse reino, ou divisar essa máquina de uma realidade outra, é penetrar na noite, aceitar a noite com suas "Povoações / [que] surgem do vácuo".[6] O que o

3 "Passagem da noite", em *A rosa do povo*.

4 "Relógio do Rosário", em *Claro enigma*.

5 MORAES NETO, Geneton. *Dossiê Drummond*. 2. ed. São Paulo: Globo, 2007.

6 "Dissolução", em *Claro enigma*.

poeta perde na baldeação entre mundos, o que escapa às mãos de Orfeu, o que logo se fecha à vista, é matéria e motivo de canto para Drummond.

Já mencionaram essa "noite real e simbólica"[7] em sua poesia, uma escuridão do ser coextensiva à da paisagem como têmpera do desengano. Mas notemos como a noite é insistente em seus livros, e nem sempre erma: também feraz e erótica, e não só desamparo: também entrelugar da criação, convívio com as palavras que ali têm seu refúgio. Noite dos amantes, dos pródigos, dos errados, dos errantes, dos suicidas, dos sozinhos, dos mortos, dos vultos do exílio, dos irmãos em sombra. Noite que é poço, abismo, cegueira, horto, e também passagem para algum "fogo embriagador"[8], algum clarão.

Quantas noites de Drummond! É um menino chorando atrás da parede, é um homem se contemplando sem espelho, é uma oração falhada convertendo-se em poema, um assistir à vida se consumindo. É o que foi doendo ainda, e gozar o sofrimento como tara e herança itabirana, Minas abissal, lavoura de ausências, luta com um Deus de emboscadas. A noite como um estado do ser, hora da dissolução, da incompreensão, do aniquilamento, hora do corvo, quando a alma se cala, hora do medo. Noite do zumbido do besouro, noite de imaginar mulher nua, noite de elaborar a rosa num fazer pensativo. Também fuga, noite de fuga para além do tempo, noite em que até a palavra eternidade se deixa apanhar, noite rompendo dentro do amor, quinhão de tempo embalsamado que volta e recende a lavanda, alfazema e alecrim.

Nesse caldo escuro ("vinte anos de lavoura / de sucos agressivos"),[9] o *Fazendeiro do ar* incorpora a imagem síntese de outro verso mais antigo: "Silencioso cubo de treva."[10] De seus livros, o

7 VILLAÇA, Alcides. *Passos de Drummond*. São Paulo: Cosac Naify, 2006.

8 "Prece de mineiro no rio", em *A vida passada a limpo*.

9 "Retorno", em *Fazendeiro do ar*.

10 "Noturno à janela do apartamento", em *Sentimento do mundo*.

mais concentradamente noturno, contrastando com o meio-dia do poema final. Cubo de treva de arestas bem cinzeladas, na maior parte composta por sonetos, entre os quais o dominante decassílabo, numa tensão infalível entre a medida perfeita do poema e seu sentido fragmentário.

O que é impossível de durar no tempo, e para Drummond é matéria de poesia, torna-se um impossível de durar dotado de ritmo, se refazendo, perdurando em seu compasso. Um poeta telúrico cultiva o evanescente, e suas equações poéticas fazem maravilhas com o que é irremediável. Um poeta telúrico de uma terra tanto mais presente quanto mais denso, no poema, o fumo dos seus mortos. Américo Facó (a quem Drummond também dedica o livro *Claro enigma*) é homenageado em dois poemas, conselheiro do bom verso e da boa forma, agora um morto amigo entre outros mortos.

Começa o *Fazendeiro do ar* com a noite descendo, noite que também encontramos na abertura de *Claro enigma*, reino de povoações desconhecidas e mil faces ocultas sob a face neutra. Anoitece e um homem se reexamina, vasculhando seu tesouro imaterial. É severo, no entanto se comove ruminando. Também zombeteira, sua percuciência de desiludido, por mais que brinque (e brinca), não se descola da sombra de um ignoto misterioso. Espostejaram Orfeu, está quebrada a harmonia do mundo, o mistério é incomunicável, e um homem na noite de seu século, um poeta na era das grandes desilusões, abraça essa ausência. Acompanhado dela, abraçado a ela, o poeta toca sua corda surda.

Dentro de uma retrospectiva de 24 anos de poesia, *Fazendeiro do ar* foi publicado originalmente como parte inédita numa antologia de 1954.[11] Curioso pensar nesse fragmento de retrospectiva (tal como

11 ANDRADE, Carlos Drummond. *Fazendeiro do ar e Poesia até agora*. Rio de Janeiro: José Olympio, 1954.

A vida passada a limpo, publicado como parte de uma coletânea de poemas de 1959),[12] de uma obra cujo teor é, também, o de um retrospecto que se refaz continuamente, nos belvederes das idades, gozando e padecendo a ausência de um absoluto. Somado aos livros anteriores, *Fazendeiro do ar* é um concentrado de noites entre outras esparsas. Como livro único, seu cubo de treva talvez se deixe ver melhor, nessa "alquimia severa"[13] com que o poeta depura no verso seus despojos de amor e morte, e, do caos de um mundo quebrado, gera um cristal, um ritmo, uma forma.

E que noturna, de um modo geral, essa primeira metade da década de 1950 para a poesia brasileira: *As fronteiras da quarta dimensão*, de Adalgisa Nery, em 1951; *Madrinha Lua*, de Henriqueta Lisboa, *Doze noturnos da Holanda & o aeronauta*, de Cecília Meireles, e *Invenção de Orfeu*, de Jorge de Lima, em 1952; *Rosa de Pedra*, estreia de Zila Mamede, em 1953; *Contemplação de Ouro Preto*, de Murilo Mendes, em 1954. Também em 1954, no teatro, *Orfeu da Conceição*, de Vinicius de Moraes. Inserido nesse contexto de "noturnidade poética", *Fazendeiro do ar* dialoga com seus pares, especialmente com Jorge de Lima.

Além de "Conhecimento de Jorge de Lima", há outros poemas no livro que inspiram um diálogo interessante entre esses poetas (ou entre suas poéticas). Enquanto Jorge de Lima aposta no canto circular, na Musa dentro da Rosa Mística, na poesia entre tempo e eternidade, Drummond aposta na unidade perdida, na poesia que é "canção suicida" e na eternidade de uma fração de segundo. "Orfeu, que te chamamos, baixa ao tempo / e escuta: / só de ousar-se teu nome, já respira / a rosa trismegista, aberta ao mundo."[14] Esse é o fazendeiro do ar no seu "Canto órfico": basta o nome de Orfeu, e a

12 ANDRADE, Carlos Drummond. *Poemas*. Rio de Janeiro: José Olympio, 1959.

13 "Retorno", em *Fazendeiro do ar*.

14 "Canto órfico", em *Fazendeiro do ar*.

rosa trismegista respira. Basta o relance desse nome, basta um minuto dessa rosa no mundo. "Adeus, tudo!"[15] Adeus, amor, lembrança do amor e lamento, todos perdidos. Adeus, aspirações totalizantes e altas esperanças. Um só clarão de eternidade é o bastante, é o que nos cabe. Numa escada levantada para o céu – "ó assunção" –, há uma "curva barroca" de perdição.[16] Quem não se perde ali? Não nos perdemos todos?

Uma esperança mínima, um ritmo suficiente, uma manhã possível: a sobriedade que o poeta extrai da sua "lavoura de sucos agressivos", moderação de gravidade temperada no riso, essa nenhuma retumbância, apenas relances do sublime, vem com a marca humana em que nos reconhecemos, também nós uns desconsolados, meio tortos, irônicos, melancólicos, curvados sob o peso dos nossos cemitérios pessoais de mortos e malogros, desiludidos que ainda se iludem, mais humildes quando a noite baixa. Nessa incompletude nos irmanamos, bem como nos clarões da rosa magnífica, por um momento (eterno), aberta ao mundo. Entre tantas razões, eis a razão do coração, que faz Drummond tão íntimo das bibliotecas das casas.

E, ainda mais desdobrável que a noite, no léxico do poeta, é o amor. Amores acabados e inventariados, amores tristes no claro e no escuro, amores guardados, inúteis, sem braços, o amor pelo inóspito, o amor por Fulana, o amor como destino, o que se mutila a cada instante, o que punge, o que (de novo) nos irmana. Podemos incluir aí os vários poemas que homenageiam amigos, vivos e mortos, familiares, poetas, intelectuais, artistas. Os livros de Drummond estão povoados de dedicatórias, odes, homenagens que o conectam aos de seu tempo, e além, aos de ontem e aos de amanhã. Entre cacos de um todo partido, o poeta, esse "ser amoroso", trabalha seus elos, ilumina-os, como

15 "Conclusão", em *Fazendeiro do ar.*

16 "Escada", em *Fazendeiro do ar.*

faz com a presença do amigo Américo Facó, agora transfundida em outros corpos, numa manhã "de traço fino e ardente".[17]

Outro momento radioso no *Fazendeiro do ar* é o que fecha o livro, longo poema em dísticos à luz de um sol a pino, dedicado ao pequeno Luis Mauricio, segundo neto de Drummond, nascido em 1953, em Buenos Aires. O poeta descortina o mundo para um menino, como outros poetas já o fizeram em poemas epístolas a suas crianças (ou mesmo Drummond, em *Claro enigma*, no poema "A um varão, que acaba de nascer"). São exortações para o homem de amanhã, que cultive a ciência do olhar e imagine "um elo, uma afeição surda, um passado". O poeta exorta à ciência do olhar observando à sua volta, e exorta à imaginação de um elo justamente imaginando "as bodas // do vivo com o que já viveu ou vai viver". E, diante do espetáculo de um mundo iluminado pelo olhar, também é exortação do poeta ao menino que ele cultive um segredo. Um segredo que corresponde ao que é radiante no poema, pois que "[...] segredo / [...] de alegria", porém, segredo.[18]

No meio-dia, "hora belíssima entre todas", considerar o segredo, o enigma, o "veludo nos ursos". É a palavra do poeta ao seu netinho: "Mas seja humilde tua valentia. Repara que há veludo nos ursos."[19] Assim o homem não perde de vista na humildade o próprio húmus, adubado por suas perdas, seus despojos de uma "morte imorredoura", suas noites.[20] A madureza desse homem, afinal, é uma "ingaia ciência", e as palavras "Eterno" e "Retorno" vêm separadas (são títulos de dois poemas). Exatamente a partir dessa quebra, desde essa perda original – "Mas quando me perdi, se estou perdido / antes de haver

17 "Circulação do poeta", em *Fazendeiro do ar*.

18 Todos os trechos presentes no parágrafo foram extraídos de "A Luis Mauricio, infante", em *Fazendeiro do ar*.

19 "A Luis Mauricio, infante", em *Fazendeiro do ar*.

20 "Retorno", em *Fazendeiro do ar*.

nascido / e me nasci votado à perda / de frutos que não tenho nem colhia?" –,[21] o poeta ilumina seus elos, colhe (humanamente) a visão esplendorosa debaixo de um céu de chumbo, e, aqui e ali em sonetos perfeitos, canta sua (nossa) inescapável incompletude. No claro dia de hoje, composto da treva de ontem, como Lorca multiplicado, vive Drummond.

São Paulo, 6 de junho de 2023

21 "Elegia", em *Fazendeiro do ar*.

CRONOLOGIA

NA ÉPOCA DO LANÇAMENTO (1951-1957)

1951

CDA:

– Publica *Claro enigma* e *Contos de aprendiz*, pela Editora José Olympio.
– Publicado na Espanha o livro *Poemas*, com seleção, tradução e introdução de Rafael Santos Torroella, pela Ediciones Rialp, de Madri.
– A Editora Hipocampo publica *A mesa*, com o poema homônimo ilustrado por Eduardo Sued.

Literatura brasileira:

– Ledo Ivo publica os livros de poemas *Linguagem* e *Ode equatorial*.
– Augusto de Campos publica o livro de poemas *O rei menos e o reino*.
– Mário Quintana publica o livro de poemas *Espelho mágico*.

Vida nacional:

– O jornal *Última Hora* é fundado por Samuel Wainer, no Rio de Janeiro.
– Sancionada a Lei Afonso Arinos, o racismo passa a ser considerado uma contravenção.

– Realização do Primeiro Congresso da Federação das Mulheres, em São Paulo.
– Inauguração da Via Dutra, entre Rio de Janeiro e São Paulo.
– Maria Clara Machado funda, no Rio de Janeiro, o teatro O Tablado.

Mundo:

– Estados Unidos e Irã rompem relações diplomáticas.
– Assinado Tratado de Paz com o Japão, por 49 nações, em São Francisco, EUA.
– O peronismo se consolida na Argentina, com a reeleição de Juan Domingo Perón. Pela primeira vez no país, as mulheres puderam exercer o direito ao voto, conquistado formalmente em 1947. O projeto de lei que estabeleceu o voto feminino teve como relator o então deputado Manuel Graña Etcheverry, genro de Drummond desde 1949.
– A energia nuclear é usada pela primeira vez na geração de eletricidade para uso doméstico, em Idaho, EUA.
– Criação da Internacional Socialista, por 33 países, em Frankfurt.

1952

CDA:

– Publica *Passeios na ilha: divagações sobre a vida literária e outras matérias*, pela Editora Organização Simões.
– Publica a coletânea de poemas *Viola de bolso*, pelo Serviço de Documentação do Ministério da Educação.
– Falece, em 27 de setembro, seu irmão Flaviano, em Itabira.
– Publica, no jornal *Correio da Manhã*, sua lista dos "10 grandes romances da história da literatura": 1) *As ligações perigosas*, de Choderlos de Laclos; 2) *A cartuxa de Parma*, de Stendhal; 3) *A educação sentimental*,

de Gustave Flaubert; 4) *Em busca do tempo perdido*, de Marcel Proust; 5) *Os moedeiros falsos*, de André Gide; 6) *David Copperfield*, de Charles Dickens; 7) *Tom Jones*, de Henry Fielding; 8) *Ulisses*, de James Joyce; 9) *Guerra e paz*, de Liev Tolstoi; 10) *Dom Quixote*, de Miguel de Cervantes (em *Os sapatos de Orfeu*, de José Maria Cançado).

Literatura brasileira:

- Clarice Lispector publica *Alguns contos*.
- Manuel Bandeira publica o livro de poemas *Opus 10*.
- Jorge de Lima publica o longo poema *A invenção de Orfeu*.
- João Cabral de Melo Neto publica o livro de crítica de arte *Poesia e composição*.
- Cecília Meireles publica dois livros de poemas, *Amor em Leonoreta* e *Doze noturnos de Holanda e o aeronauta*.
- Décio Pignatari publica o livro de poemas *Rumo à Nausicaa*.

Vida nacional:

- Lançamento da revista *Manchete*, pela Editora Bloch.
- Criação da Conferência Nacional dos Bispos do Brasil (CNBB).
- Brasil chora a morte do cantor Francisco Alves, o "Rei da Voz".
- Criação do Instituto Brasileiro do Café (IBC) e do Banco Nacional de Desenvolvimento Econômico (BNDE).

Mundo:

- A Alemanha Ocidental recebe exilados vindos da Alemanha Oriental.
- O ditador Fulgencio Batista toma o poder em Cuba, após um golpe de Estado. Será deposto em 1959, derrubado pela Revolução Cubana, chefiada por Fidel Castro.
- O general Dwight D. Eisenhower é eleito presidente dos Estados Unidos.
- Charles Chaplin lança o filme *Luzes da ribalta*.

– Falece María Eva Duarte de Perón, Evita, primeira-dama da Argentina, em 26 de julho.

1953

CDA:

– Viaja com a esposa Dolores a Buenos Aires, para acompanhar o nascimento do segundo neto, a quem dedica o poema "A Luis Mauricio, infante", incluído no livro *Fazendeiro do ar*: "Acorda, Luis Mauricio. Vou te mostrar o mundo, / se é que não preferes vê-lo de teu reino profundo."
– Publicação do livro *Dos poemas,* em Buenos Aires, traduzido para o espanhol por seu genro, Manuel Graña Etcheverry, e publicado pela Ediciones Botella al Mar.
– Demite-se do cargo de redator do jornal *Minas Gerais* e ingressa como funcionário na Diretoria do Patrimônio Histórico e Artístico Nacional (DPHAN).

Literatura brasileira:

– É publicado *Memórias do cárcere,* de Graciliano Ramos, poucos meses após sua morte.
– Cecília Meireles publica três livros de poemas: *Batuque, Poemas escritos na Índia* e *O romanceiro da Inconfidência.*
– Mário Quintana publica a coletânea poética *Inéditos e esparsos.*
– Augusto de Campos publica *Poetamenos.*

Vida nacional:

– A empresa alemã Volkswagen instala montadora de automóveis em São Paulo.
– Greve geral em São Paulo, com adesão de 300 mil trabalhadores.

– O presidente Getúlio Vargas promove ampla reforma ministerial: Tancredo Neves assume o Ministério da Justiça; Oswaldo Aranha, o Ministério da Fazenda; e João Goulart, o Ministério do Trabalho.
– Desmembramento, em duas pastas, do antigo Ministério da Educação e Saúde.
– Inauguração da TV Record, em São Paulo.
– Criação da empresa Petróleo Brasileiro, a Petrobras.
– Falece Graciliano Ramos, em 20 de março.
– Falece Jorge de Lima, em 15 de novembro.

Mundo:

– Chega ao fim a Guerra da Coreia. É mantida a divisão do país em Coreia do Norte (comunista) e Coreia do Sul (capitalista).
– Avançam as negociações para a criação da Comunidade Econômica Europeia, que ocorreria oficialmente em 1957.
– Coroação da Rainha Elizabeth II na Inglaterra.
– Criada a vacina contra a poliomielite, pelo americano Jonas Edward Salk.

1954

CDA:

– Publica, pela José Olympio, *Fazendeiro do ar & Poesia até agora*, que conjuga um livro inédito com a coletânea lançada em 1948.
– Traduz o livro *Les paysans*, de Balzac, com o título *Os camponeses*, publicado pela Editora Globo.
– Veiculação, pela Rádio Ministério da Educação e Cultura, de oito entrevistas radiofônicas concedidas à jornalista Lya Cavalcanti. Esta série de entrevistas, intitulada "Quase memórias", foi convertida em

livro por Drummond e publicada em 1986, pela Editora Record, com o título *Tempo vida poesia.*

– A convite do crítico literário Álvaro Lins, inicia a publicação da série de crônicas "Imagens", no jornal carioca *Correio da Manhã,* mantida até 1969.

Literatura brasileira:

– Murilo Mendes publica o livro de poemas *Contemplação de Ouro Preto.*

– Vinicius de Moraes publica *Antologia poética.*

– Manuel Bandeira publica seu livro de memórias literárias *Itinerário de Pasárgada.*

– Lygia Fagundes Telles publica *Ciranda de pedra,* seu primeiro romance.

– Jorge Amado começa a publicar sua trilogia romanesca intitulada *Os subterrâneos da liberdade,* sobre a vida política e social durante o primeiro período de Getúlio Vargas no poder.

– João Cabral de Melo Neto publica o poema narrativo *O rio ou Relação da viagem que faz o Capibaribe de sua nascente à cidade do Recife.*

– O poeta Ferreira Gullar publica *A luta corporal,* seu segundo livro.

Vida nacional:

– São Paulo comemora o seu quarto centenário e inaugura o parque do Ibirapuera, a catedral da Sé e o monumento às Bandeiras.

– Mergulhado em grave crise política, o governo federal eleva o salário mínimo em 100%.

– Getúlio Vargas comete suicídio.

– Falece o escritor Oswald de Andrade, em 22 de outubro.

Mundo:

– Corte Suprema dos Estados Unidos condena a segregação racial.
– Fim da Guerra da Indochina e divisão do Vietnã em dois países: Vietnã do Norte, com a capital em Hanói, e Vietnã do Sul, com a capital em Saigon.
– A empresa IBM lança, nos Estados Unidos, uma calculadora eletrônica que viria a ser considerada precursora dos computadores digitais, a IBM 650. Seu aluguel mensal custava 25 mil dólares.
– Alfredo Stroessner dá um golpe de Estado e assume o governo do Paraguai. Ficaria no poder por 35 anos.
– Início da batalha de Argel contra a França, a mais famosa no processo de independência da Argélia.

1955

CDA:

– Publica *Viola de bolso novamente encordoada*, pela Editora José Olympio.
– O livreiro Carlos Ribeiro publica edição fora de comércio de *Soneto da buquinagem*, pela Editora Philobiblion.
– Participa, com Manuel Bandeira, da tarde de autógrafos do disco de vinil *Poesias*, lançado pelo selo Festa, contendo poemas declamados por ambos.

Literatura brasileira:

– João Cabral de Melo Neto publica o livro *Uma faca só lâmina* e o poema narrativo *Morte e vida severina*.
– Cecília Meireles publica a cantata narrativa *O pequeno oratório de Santa Clara*.

– Ledo Ivo publica o livro de poemas de *Um brasileiro em Paris e o rei da Europa.*

Vida nacional:

– Inauguração da hidrelétrica de Paulo Afonso, no Rio São Francisco.
– Juscelino Kubitschek é eleito presidente da República.
– Instituído pelo governo federal o serviço de merenda escolar.
– Criação da *Revista Brasiliense,* por Caio Prado Júnior, em São Paulo.

Mundo:

– Golpe militar derruba o presidente Juan Domingo Perón, na Argentina.
– Inauguração da Disneylândia, nos Estados Unidos.
– Surge o rádio portátil, com a invenção do transístor.
– Países socialistas formam o Pacto de Varsóvia, em oposição à Organização do Tratado do Atlântico Norte (OTAN).
– Gravada por Bill Haley & His Comets, a canção "(We're Gonna) Rock Around The Clock", torna-se a primeira no gênero rock and roll a liderar as paradas de sucesso.

1956

CDA:

– Publica *Cinquenta poemas escolhidos pelo autor,* em edição do Serviço de Documentação do Ministério da Educação e Cultura.
– Publica sua tradução de *Albertine disparue,* de Marcel Proust, com o título *A fugitiva,* pela Editora Globo.

Literatura brasileira:

– João Guimarães Rosa publica a reunião de novelas *Corpo de baile* e o romance *Grande sertão: veredas.*

– Cyro dos Anjos publica o romance *Montanha.*
– Haroldo de Campos publica o livro de poemas *O âmago do ômega.*
– Cecília Meireles publica *Canções.*

Vida nacional:

– Governo de Juscelino Kubitschek apresenta seu plano de metas, com o lema "50 anos em 5".
– Criação da Empresa Construtora de Brasília (Novacap), entregue a Israel Pinheiro.
– Criação da Comissão Federal do Cinema, que dá lugar ao Instituto do Cinema e depois à Empresa Brasileira de Filmes S/A (Embrafilme).
– Criação da Comissão Nacional de Energia Nuclear (CNEN).
– Realização da Exposição Nacional de Arte Concreta, no prédio do Ministério da Educação e Cultura.
– Lançamento do Movimento Concretista, pelos irmãos Augusto e Haroldo de Campos e Décio Pignatari.

Mundo:

– Kruschev denuncia crimes de guerra de Stalin.
– Eisenhower é reeleito presidente dos Estados Unidos.
– Fidel Castro inicia, em Sierra Maestra, guerrilha para tomada do poder em Cuba.

1957

CDA:

– Publica a coletânea de crônicas *Fala, amendoeira,* pela Editora José Olympio.
– Publica o livro *Ciclo,* pela editora O Gráfico Amador, do Recife, com tiragem de apenas 96 exemplares.

– Sofre algumas críticas dos poetas concretistas reunidos na Exposição Nacional de Arte Concreta e emite sua opinião sobre o movimento: “No fundo, uma grande pobreza imaginativa transformada em rigor de criação.” (em *Os sapatos de Orfeu*, de José Maria Cançado).

Literatura brasileira:

– Manuel Bandeira publica o livro de crônicas *A flauta de papel.*
– Cecília Meireles publica *A rosa* e *Romance de Santa Cecília.*

Vida nacional:

– Em fevereiro, é iniciada a construção de Brasília. Em outubro, o presidente Juscelino Kubitschek sanciona a lei que fixa a data da mudança para a futura nova capital federal.
– Tem início a construção da usina hidrelétrica de Três Marias, em Minas Gerais.
– Pelé estreia na seleção brasileira, aos 16 anos, e marca um dos gols da partida contra a Argentina, válida pela Copa Rocca e disputada no Maracanã.
– Morre o 13° presidente do Brasil, Washington Luís, que fora deposto pela Revolução de 1930.

Mundo:

– França, Luxemburgo, Bélgica, Holanda, Itália e Alemanha Ocidental assinam Tratado em Roma para a criação da Comunidade Econômica Europeia.

BIBLIOGRAFIA DE CARLOS DRUMMOND DE ANDRADE

POESIA:

Alguma poesia. Belo Horizonte: Edições Pindorama, 1930.

Brejo das almas. Belo Horizonte: Os Amigos do Livro, 1934.

Sentimento do mundo. Rio de Janeiro: Pongetti, 1940.

Poesias. Rio de Janeiro: José Olympio, 1942. [*Alguma poesia, Brejo das almas, Sentimento do mundo, José*.]*

A rosa do povo. Rio de Janeiro: José Olympio, 1945.

Poesia até agora. Rio de Janeiro: José Olympio, 1948. [*Alguma poesia, Brejo das almas, Sentimento do mundo, José, A rosa do povo, Novos poemas*.]

Claro enigma. Rio de Janeiro: José Olympio, 1951.

Viola de bolso. Rio de Janeiro: Serviço de Documentação do MEC, 1952.

Fazendeiro do ar & Poesia até agora. Rio de Janeiro: José Olympio, 1954.

Viola de bolso novamente encordoada. Rio de Janeiro: José Olympio, 1955.

50 poemas escolhidos pelo autor. Rio de Janeiro: Serviço de Documentação do MEC, 1956.

* A presente bibliografia de Carlos Drummond de Andrade restringe-se às primeiras edições de seus livros, excetuando obras renomeadas. Nos casos em que os livros não tiveram primeira edição independente, os respectivos títulos aparecem entre colchetes juntamente com os demais a compor a coletânea na qual vieram a público pela primeira vez. [*N. do E.*]

Poemas. Rio de Janeiro: José Olympio, 1959. [*Alguma poesia, Brejo das almas, Sentimento do mundo, José, A rosa do povo, Novos poemas, Claro enigma, Fazendeiro do ar* e *A vida passada a limpo*.]

Antologia poética. Rio de Janeiro: Editora do Autor, 1962.

Lição de coisas. Rio de Janeiro: José Olympio, 1962.

José & outros. Rio de Janeiro: José Olympio, 1967. [*José, Novos poemas, Fazendeiro do ar, A vida passada a limpo, 4 poemas, Viola de bolso II*.]

Versiprosa. Rio de Janeiro: José Olympio, 1967.

Boitempo & A falta que ama. [*(In) Memória – Boitempo I*.] Rio de Janeiro: Sabiá, 1968.

Reunião: 10 livros de poesia. Introdução de Antonio Houaiss. Rio de Janeiro: José Olympio, 1969. [*Alguma poesia, Brejo das almas, Sentimento do mundo, José, A rosa do povo, Novos poemas, Claro enigma, Fazendeiro do ar, A vida passada a limpo, Lição de coisas* e *4 poemas*.]

As impurezas do branco. Rio de Janeiro: José Olympio, 1973.

Menino antigo (*Boitempo II*). Rio de Janeiro: José Olympio; Brasília: Instituto Nacional do Livro, 1973.

Esquecer para lembrar (*Boitempo III*). Rio de Janeiro: José Olympio, 1979.

A paixão medida. Ilustrações de Emeric Marcier. Rio de Janeiro: Alumbramento, 1980.

Nova reunião: 19 livros de poesia. 2 vols. Rio de Janeiro: José Olympio; Brasília: Instituto Nacional do Livro, 1983.

O elefante. Ilustrações de Regina Vater. Rio de Janeiro: Record, 1983.

Corpo. Ilustrações de Carlos Leão. Rio de Janeiro: Record, 1984.

Amar se aprende amando. Capa de Anna Leticya. Rio de Janeiro: Record, 1985.

Boitempo I e II. Rio de Janeiro: Record, 1987.

Poesia errante: derrames líricos (e outros nem tanto, ou nada). Rio de Janeiro: Record, 1988.

O amor natural. Ilustrações de Milton Dacosta. Rio de Janeiro: Record, 1992.

Farewell. Vinhetas de Pedro Augusto Graña Drummond. Rio de Janeiro: Record, 1996.

Poesia completa: volume único. Fixação de texto e notas de Gilberto Mendonça Teles. Introdução de Silviano Santiago. Rio de Janeiro: Nova Aguilar, 2002.

Declaração de amor, canção de namorados. Organização de Pedro Augusto Graña Drummond e Luis Mauricio Graña Drummond. Rio de Janeiro: Record, 2005.

Versos de circunstância. Organização de Eucanaã Ferraz. São Paulo: Instituto Moreira Salles, 2011.

Nova reunião: 23 livros de poesia. 3 vols. Rio de Janeiro: BestBolso, 2013.

Viola de bolso: mais uma vez encordoada. Rio de Janeiro: José Olympio, 2023.

CONTO:

O gerente. Rio de Janeiro: Horizonte, 1945.

Contos de aprendiz. Rio de Janeiro: José Olympio, 1951.

70 historinhas. Rio de Janeiro: José Olympio, 1978.

Contos plausíveis. Ilustrações de Irene Peixoto e Márcia Cabral. Rio de Janeiro: José Olympio; Editora JB, 1981.

Histórias para o rei. Rio de Janeiro: Record, 1997.

CRÔNICA:

Fala, amendoeira. Rio de Janeiro: José Olympio, 1957.

A bolsa & a vida. Rio de Janeiro: Editora do Autor, 1962.

Para gostar de ler. Com Fernando Sabino, Paulo Mendes Campos e Rubem Braga. Rio de Janeiro: Editora do Autor, 1962.

Quadrante. Com Cecília Meireles, Dinah Silveira de Queiroz, Fernando Sabino, Manuel Bandeira, Paulo Mendes Campos e Rubem Braga. Rio de Janeiro: Editora do Autor, 1962.

Quadrante II. Com Cecília Meireles, Dinah Silveira de Queiroz, Fernando Sabino, Manuel Bandeira, Paulo Mendes Campos e Rubem Braga. Rio de Janeiro: Editora do Autor, 1962.

Cadeira de balanço. Rio de Janeiro: José Olympio, 1966.

Caminhos de João Brandão. Rio de Janeiro: José Olympio, 1970.

O poder ultrajovem. Rio de Janeiro: José Olympio, 1972.

De notícias & não notícias faz-se a crônica: histórias, diálogos, divagações. Rio de Janeiro: José Olympio, 1974.

Os dias lindos. Rio de Janeiro: José Olympio, 1977.

Crônica das favelas cariocas. Rio de Janeiro: [edição particular], 1981.

Boca de luar. Rio de Janeiro: Record, 1984.

Crônicas 1930-1934. Crônicas de Drummond assinadas com os pseudônimos Antônio Crispim e Barba Azul. *Revista do Arquivo Público Mineiro*, Belo Horizonte, ano XXXV, 1984.

Moça deitada na grama. Rio de Janeiro: Record, 1987.

Autorretrato e outras crônicas. Seleção de Fernando Py. Rio de Janeiro: Record, 1989.

Quando é dia de futebol. Organização de Pedro Augusto Graña Drummond e Luis Mauricio Graña Drummond. Rio de Janeiro: Record, 2002.

Receita de Ano Novo. Organização de Pedro Augusto Graña Drummond e Luis Mauricio Graña Drummond. Ilustrações de Mariana Massarani. Rio de Janeiro: Record, 2008.

OBRA REUNIDA:

Obra completa. Estudo crítico de Emanuel de Moraes, fortuna crítica, cronologia e bibliografia. Rio de Janeiro: Nova Aguilar, 1964.

Poesia completa e prosa. Estudo crítico de Emanuel de Moraes, fortuna crítica, cronologia e bibliografia. Rio de Janeiro: Nova Aguilar, 1973.

Poesia e prosa. Estudo crítico de Emanuel de Moraes, fortuna crítica, cronologia e bibliografia. Rio de Janeiro: Nova Aguilar, 1979.

ENSAIO E CRÍTICA:

Confissões de Minas. Rio de Janeiro: Americ-Edit, 1944.

García Lorca e a cultura espanhola. Rio de Janeiro: Ateneu Garcia Lorca, 1946.

Passeios na ilha: divagações sobre a vida literária e outras matérias. Rio de Janeiro: Simões, 1952.

O observador no escritório. Rio de Janeiro: Record, 1985.

O avesso das coisas: aforismos. Ilustrações de Jimmy Scott. Rio de Janeiro: Record, 1987.

Conversa de livraria 1941 e 1948. Reunião de textos assinados sob os pseudônimos de O Observador Literário e Policarpo Quaresma, Neto. Porto Alegre: AGE; São Paulo: Giordano, 2000.

Amor nenhum dispensa uma gota de ácido: escritos de Carlos Drummond de Andrade sobre Machado de Assis. Organização de Hélio de Seixas Guimarães. São Paulo: Três Estrelas, 2019.

INFANTIL:

O pipoqueiro da esquina. Ilustrações de Ziraldo. Rio de Janeiro: Codecri, 1981.

História de dois amores. Ilustrações de Ziraldo. Rio de Janeiro: Record, 1985.

O sorvete e outras histórias. São Paulo: Ática, 1993.

A cor de cada um. Rio de Janeiro: Record, 1996.

A senha do mundo. Rio de Janeiro: Record, 1996.

Criança dagora é fogo. Rio de Janeiro: Record, 1996.

Vó caiu na piscina. Rio de Janeiro: Record, 1996.

Rick e a girafa. Ilustrações de Maria Eugênia. São Paulo: Ática, 2001.

Menino Drummond. Ilustrações de Angela Lago. São Paulo: Companhia das Letrinhas, 2021.

O gato solteiro e outros bichos. Organização de Pedro Augusto Graña Drummond. Rio de Janeiro: Record, 2022.

BIBLIOGRAFIA SOBRE CARLOS DRUMMOND DE ANDRADE (SELETA)

ACHCAR, Francisco. *A rosa do povo & Claro enigma*: roteiro de leitura. São Paulo: Ática, 1993.

AGUILERA, Maria Veronica Silva Vilariño. *Carlos Drummond de Andrade*: a poética do cotidiano. Rio de Janeiro: Expressão e Cultura, 2002.

AMZALAK, José Luiz. *De Minas ao mundo vasto mundo*: do provinciano ao universal na poética de Carlos Drummond de Andrade. São Paulo: Navegar, 2003.

ANDRADE, Carlos Drummond; SARAIVA, Arnaldo (orgs.). *Uma pedra no meio do caminho*: biografia de um poema. Apresentação de Arnaldo Saraiva. Rio de Janeiro: Editora do Autor, 1967.

ARQUIVO-MUSEU DE LITERATURA BRASILEIRA. *Inventário do Arquivo Carlos Drummond de Andrade*. Apresentação de Eliane Vasconcelos. Rio de Janeiro: Fundação Casa de Rui Barbosa, 1998.

ARRIGUCCI JR., Davi. *Coração partido*: uma análise da poesia reflexiva de Drummond. São Paulo: Cosac Naify, 2002.

BARBOSA, Rita de Cássia. *Poemas eróticos de Carlos Drummond de Andrade*. São Paulo: Ática, 1987.

BISCHOF, Betina. *Razão da recusa*: um estudo da poesia de Carlos Drummond de Andrade. São Paulo: Nankin, 2005.

BOSI, Alfredo. *Três leituras*: Machado, Drummond, Carpeaux. São Paulo: 34, 2017.

BRASIL, Assis. *Carlos Drummond de Andrade*: ensaio. Rio de Janeiro: Livros do Mundo Inteiro, 1971.

BRAYNER, Sônia (org.). *Carlos Drummond de Andrade*. Coleção Fortuna Crítica 1. Rio de Janeiro: Civilização Brasileira, 1977.

CAMILO, Vagner. *Drummond*: da rosa do povo à rosa das trevas. São Paulo: Ateliê, 2001.

CAMINHA, Edmílson (org.). *Drummond*: a lição do poeta. Teresina: Corisco, 2002.

_______. *O poeta Carlos & outros Drummonds*. Brasília: Thesaurus, 2017.

CAMPOS, Haroldo de. *A máquina do mundo repensada*. São Paulo: Ateliê, 2000.

CAMPOS, Maria José. *Drummond e a memória do mundo*. Belo Horizonte: Anome Livros, 2010.

CANÇADO, José Maria. *Os sapatos de Orfeu*: biografia de Carlos Drummond de Andrade. São Paulo: Scritta, 1993.

CARVALHO, Leda Maria Lage. *O afeto em Drummond*: da família à humanidade. Itabira: Dom Bosco, 2007.

CHAVES, Rita. *Carlos Drummond de Andrade*. São Paulo: Scipione, 1993.

COÊLHO, Joaquim-Francisco. *Terra e família na poesia de Carlos Drummond de Andrade*. Belém: Universidade Federal do Pará, 1973.

CORREIA, Marlene de Castro. *Drummond*: a magia lúcida. Rio de Janeiro: Jorge Zahar, 2002.

COSTA, Francisca Alves Teles. *O constante diálogo na poesia de Carlos Drummond de Andrade*. Fortaleza: Secretaria de Cultura e Desporto, 1987.

COUTO, Ozório. *A mesa de Carlos Drummond de Andrade*. Ilustrações de Yara Tupynambá. Belo Horizonte: ADI Edições, 2011.

CRUZ, Domingos Gonzalez. *No meio do caminho tinha Itabira*: a presença de ltabira na obra de Carlos Drummond de Andrade. Rio de Janeiro: Achiamé; Calunga, 1980.

CUNHA, Maria Antonieta Antunes. *O discurso indireto livre em Carlos Drummond de Andrade*. Belo Horizonte: Imprensa Oficial, 1971.

_______. *Carlos Drummond de Andrade*. São Paulo: Moderna, 2006.

CURY, Maria Zilda Ferreira. *Horizontes modernistas*: o jovem Drummond e seu grupo em papel jornal. Belo Horizonte: Autêntica, 1998.

DALL'ALBA, Eduardo. *Drummond*: a construção do enigma. Caxias do Sul: EDUCS, 1998.

_______. *Noite e música na poesia de Carlos Drummond de Andrade*. Porto Alegre: AGE, 2003.

DIAS, Márcio Roberto Soares. *Da cidade ao mundo*: notas sobre o lirismo urbano de Carlos Drummond de Andrade. Vitória da Conquista: Edições UESB, 2006.

FERREIRA, Diva. *De Itabira... um poeta*. Itabira: Saitec Editoração, 2004.

GALDINO, Márcio da Rocha. *O cinéfilo anarquista*: Carlos Drummond de Andrade e o cinema. Belo Horizonte: BDMG, 1991.

GARCIA, Nice Seródio. *A criação lexical em Carlos Drummond de Andrade*. Rio de Janeiro: Rio, 1977.

GARCIA, Othon Moacyr. *Esfinge clara*: palavra-puxa-palavra em Carlos Drummond de Andrade. Rio de Janeiro: São José, 1955.

GLEDSON, John. *Poesia e poética de Carlos Drummond de Andrade*. Tradução do autor. São Paulo: Duas Cidades, 1982.

_______. *Influências e impasses: Drummond e alguns contemporâneos*. São Paulo: Companhia das Letras, 2003.

GUIMARÃES, Júlio Castañon. *Distribuição de papéis*: Murilo Mendes escreve a Carlos Drummond de Andrade e a Lúcio Cardoso. Rio de Janeiro: Fundação Casa de Rui Barbosa, 1996.

GUIMARÃES, Raquel Beatriz Junqueira. *Pedro Nava, leitor de Drummond*. Campinas: Pontes, 2002.

HOUAISS, Antonio. *Drummond mais seis poetas e um problema*. Rio de Janeiro: Imago, 1976.

INOJOSA, Joaquim. *Os Andrades e outros aspectos do Modernismo*. Rio de Janeiro: Civilização Brasileira, 1975.

KINSELLA, John. *Diálogo de conflito*: a poesia de Carlos Drummond de Andrade. Natal: Editora da UFRN, 1995.

LAUS, Lausimar. *O mistério do homem na obra de Drummond*. Rio de Janeiro: Tempo Brasileiro; Brasília: Instituto Nacional do Livro, 1978.

LIMA, Mirella Vieira. *Confidência mineira*: o amor na poesia de Carlos Drummond de Andrade. Campinas: Pontes; São Paulo: EDUSP, 1995.

LINHARES FILHO. *O amor e outros aspectos em Drummond*. Fortaleza: Editora UFC, 2002.

LOPES, Carlos Herculano. *O vestido*. São Paulo: Geração Editorial, 2004.

LUCAS, Fábio. *O poeta e a mídia*: Carlos Drummond de Andrade e João Cabral de Melo Neto. São Paulo: Senac, 2003.

MAIA, Maria Auxiliadora. *Viagem ao mundo* gauche *de Drummond*. Salvador: Edição da autora, 1984.

MALARD, Letícia. *No vasto mundo de Drummond*. Belo Horizonte: Editora UFMG, 2005.

MARIA, Luzia de. *Drummond*: um olhar amoroso. Rio de Janeiro: Léo Christiano Editorial, 1998.

MARQUES, Ivan. *Cenas de um modernismo de província*: Drummond e outros rapazes de Belo Horizonte. São Paulo: 34, 2011.

MARTINS, Hélcio. *A rima na poesia de Carlos Drummond de Andrade*. Introdução de Antonio Houaiss. Rio de Janeiro: José Olympio, 1968.

MARTINS, Maria Lúcia Milléo. *Duas artes*: Carlos Drummond de Andrade e Elizabeth Bishop. Belo Horizonte: Editora UFMG, 2006.

MELO, Tarso de; STERZI, Eduardo. *7 X 2 (Drummond em retrato)*. Santo André: Alpharrabio, 2002.

MERQUIOR, José Guilherme. *Verso universo em Drummond*. Tradução de Marly de Oliveira. Rio de Janeiro: José Olympio, 1975.

MICELI, Sergio. Lira mensageira: Drummond e o grupo modernista mineiro. São Paulo: Todavia, 2022.

MONTEIRO, Salvador; KAZ, Leonel (orgs.). *Drummond frente e verso*: fotobiografia de Carlos Drummond de Andrade. Rio de Janeiro: Alumbramento; Livroarte, 1989.

MORAES, Emanuel de. *Drummond rima Itabira mundo*. Rio de Janeiro: José Olympio, 1972.

MORAES, Lygia Marina. *Conheça o escritor brasileiro Carlos Drummond de Andrade*. Rio de Janeiro: Record, 1977.

MORAES NETO, Geneton. *O dossiê Drummond*. São Paulo: Globo, 1994.

MOTTA, Dilman Augusto. *A metalinguagem na poesia de Carlos Drummond de Andrade*. Rio de Janeiro: Presença, 1976.

NOGUEIRA, Lucila. *Ideologia e forma literária em Carlos Drummond de Andrade*. Recife: Fundarpe, 1990.

PY, Fernando. *Bibliografia comentada de Carlos Drummond de Andrade (1918-1930)*. Rio de Janeiro: José Olympio; Brasília: Instituto Nacional do Livro, 1980.

ROSA, Sérgio Ribeiro. *Pedra engastada no tempo*: ao cinquentenário do poema de Carlos Drummond de Andrade. Porto Alegre: Cultura Contemporânea, 1978.

SAID, Roberto. *A angústia da ação*: poesia e política em Drummond. Curitiba: Editora UFPR; Belo Horizonte: Editora UFMG, 2005.

SANT'ANNA, Affonso Romano de. *Drummond, o* gauche *no tempo*. Rio de Janeiro: Lia Editor; Instituto Nacional do Livro, 1972.

SANTIAGO, Silviano. *Carlos Drummond de Andrade*. Petrópolis: Vozes, 1976.

SANTOS, Vivaldo Andrade dos. *O trem do corpo*: estudo da poesia de Carlos Drummond de Andrade. São Paulo: Nankin, 2006.

SCHÜLER, Donaldo. *A dramaticidade na poesia de Drummond*. Porto Alegre: URGS, 1979.

SILVA, Sidimar. *A poeticidade na crônica de Drummond*. Goiânia: Kelps, 2007.

SIMON, Iumna Maria. *Drummond*: uma poética do risco. São Paulo: Ática, 1978.

SÜSSEKIND, Flora. *Cabral – Bandeira – Drummond*: alguma correspondência. Rio de Janeiro: Fundação Casa de Rui Barbosa, 1996.

SZKLO, Gilda Salem. *As flores do mal nos jardins de Itabira*: Baudelaire e Drummond. Rio de Janeiro: Agir, 1995.

TALARICO, Fernando Braga Franco. *História e poesia em Drummond*: A rosa do povo. Bauru: EDUSC, 2011.

TEIXEIRA, Jerônimo. *Drummond*. São Paulo: Abril, 2003.

_______. *Drummond cordial*. São Paulo: Nankin, 2005.

TELES, Gilberto Mendonça. *Drummond*: a estilística da repetição. Prefácio de Othon Moacyr Garcia. Rio de Janeiro: José Olympio, 1970.

VASCONCELLOS, Eliane. *O Arquivo-Museu de Literatura Brasileira*: um sonho drummondiano. Rio de Janeiro: Fundação Casa de Rui Barbosa, 2002.

VIANA, Carlos Augusto. *Drummond*: a insone arquitetura. Fortaleza: Editora UFC, 2003.

VIEIRA, Regina Souza. *Boitempo*: autobiografia e memória em Carlos Drummond de Andrade. Rio de Janeiro: Presença, 1992.

VILLAÇA, Alcides. *Passos de Drummond*. São Paulo: Cosac Naify, 2006.

WALTY, Ivete Lara Camargos; CURY, Maria Zilda Ferreira (orgs.). *Drummond*: poesia e experiência. Belo Horizonte: Autêntica, 2002.

WISNIK, José Miguel. *Maquinação do mundo*: Drummond e a mineração. São Paulo: Companhia das Letras, 2018.
YUNES, Eliana; BINGEMER, Maria Clara L. (orgs.). *Murilo, Cecília e Drummond*: 100 anos com Deus na poesia brasileira. São Paulo: Loyola, 2004.

ÍNDICE DE PRIMEIROS VERSOS

Carlos Drummond de Andrade

Este livro foi composto na tipografia
Arno Pro, em corpo 11/14, e impresso em
papel off-white no Sistema Digital Instant Duplex
da Divisão Gráfica da Distribuidora Record.